INEXPLICÁVEL

MISTÉRIOS ANTIGOS

RUPERT MATTHEWS

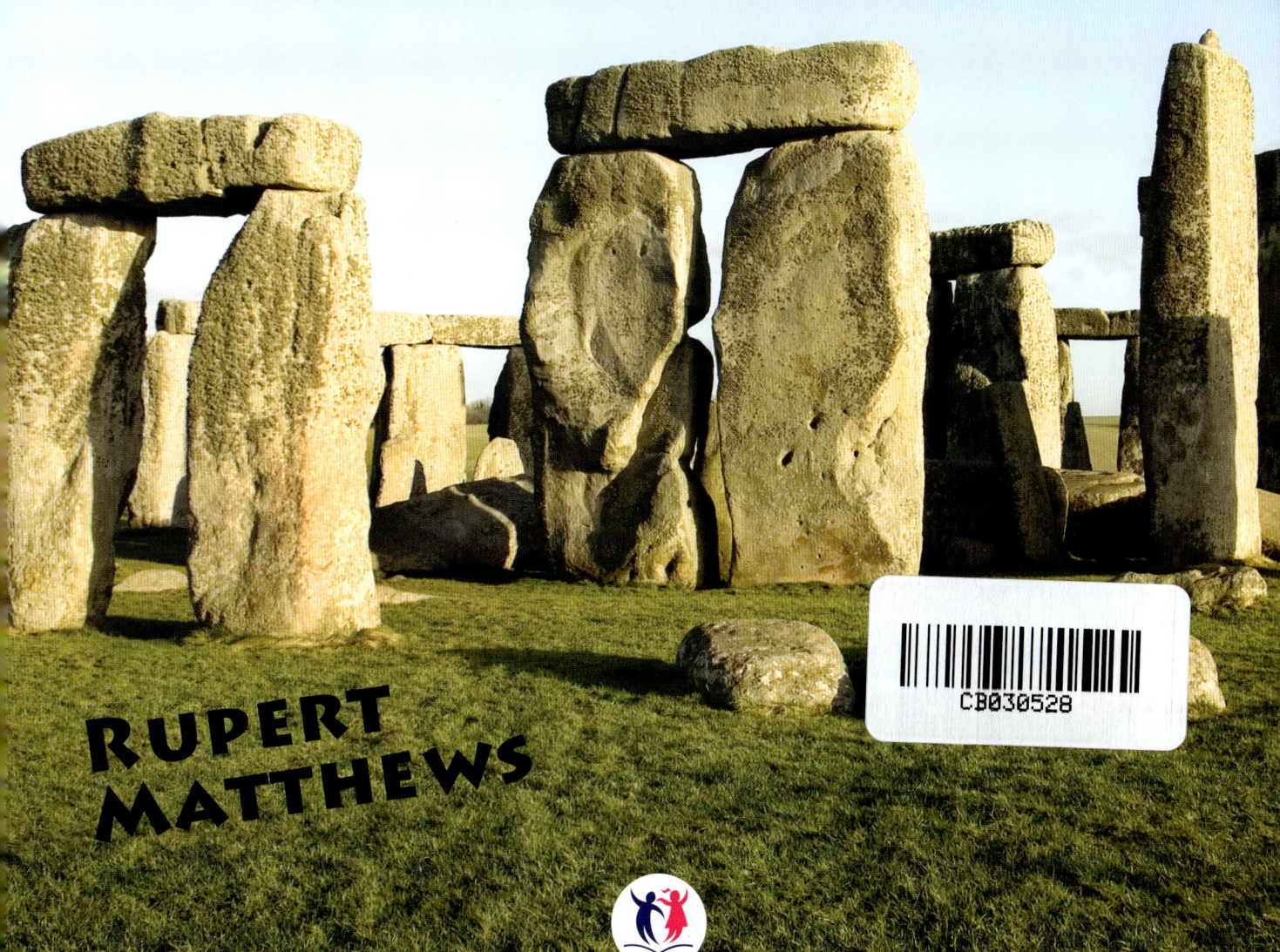

Ciranda Cultural

Editor de Projeto: Paul Manning/White-Thomson Publishing
Designer: Tim Mayer/White-Thomson
Pesquisadora de Imagens: Maria Joannou

Direção geral Clécia Aragão Buchweitz
Coordenação editorial Jarbas C. Cerino
Assistente editorial Elisângela da Silva
Tradução Fabio Teixeira
Preparação Sueli Brianezi Carvalho
Revisão Janaina L. Andreani Higashi e Silvana Pierro
Diagramação Evelyn Rodrigues do Prado
1ª Edição
www.cirandacultural.com.br
Impresso na China

Créditos das fotos
Legenda: s=superior, i=inferior, d=direita, e=esquerda.
Bridgeman Art Library Private Collection/The Stapleton
Collection 21s, Brooklyn Museum of Art, New York, USA/
Charles Edwin Wilbour Fund 22s, Christopher Wood Gallery,
London, UK 26; Corbis Adam Woolfitt 7i, The Gallery
Collection 11, PoodlesRock 16s, Hulton-Deutsch Collection
25, Homer Sykes 27i; F. Scott Crawford 8i; Getty Images
The Bridgeman Art Library 27s; Library of Congress 8s;
Shutterstock Len Green 2, Eky Chan 3, David Hughes 4i, 21i,
Mikhail Nekrasov 5s, Sculpies 5i, 22i, Phillip Minnis 6s, Stargazer
7s, Vitor Costa 8-9 (imagem de fundo), Markus Gann 10s,
Jose Ignacio Soto 10i, Tim Arbaev 12i, Jirsak 14, Paolo Jacopo
Medda 16i, P.Zonzel 18, Stephen Aaron Rees 20, Homeros 24i,
R_R 28; Stefan Chabluk 6i, 23i; Topham Picturepoint The Print
Collector/HIP 9s, Mike Andrews 12s; Wikimedia Commons 4s,
19, Andree Stephan 13, Marie-Lan Nguyen 15, Lyndsay Ruell 17,
CaptMondo 23s, Mountain 24s, 31, George Keith 29s, B Balaji
29i

As palavras em **destaque** são explicadas no
Glossário da página 30.

Na página 31 você poderá
encontrar as respostas das
perguntas feitas nestes cadernos.

SUMÁRIO

ENIGMAS DO PASSADO

Todo o conteúdo deste livro é sobre mistérios da Antiguidade. Alguns deles **intrigam** os cientistas há séculos, e poucos foram desvendados. Porém, a maioria ainda não tem resposta. Leia as evidências e veja se consegue dar suas próprias explicações.

HISTÓRIA OU MISTÉRIO?

Às vezes, um mistério é produzido por uma simples falta de evidências. Alguns acham que o rei Arthur é um conto de fadas, enquanto outros acreditam que Arthur foi uma pessoa real que governou a Grã-Bretanha em aproximadamente 500 d.C. Infelizmente, nos anos que seguiram à queda do Império Romano, foram perdidos quase todos os registros do que aconteceu na Grã-Bretanha naquela época. O resultado é que hoje não há como saber se Arthur realmente existiu.

 Acredita-se que Glastonbury, no condado inglês de Somerset, é o local onde o rei Arthur e a rainha Guinevere foram enterrados.

 No mundo todo são conhecidas histórias sobre o rei Arthur – mas será que ele existiu mesmo?

4

FATOS E TEORIAS

Outros mistérios da Antiguidade perduraram porque muitas respostas possíveis se encaixariam nos fatos. Por exemplo, sabemos que as **pirâmides** foram construídas como **túmulos** para os **faraós** do Egito Antigo. Mas ninguém sabe como esses edifícios gigantescos podem ter sido feitos por homens que usavam apenas pedra e ferramentas de cobre. Os **historiadores** formularam muitas ideias, mas ninguém sabe de fato qual teoria é a correta.

 Desvendar a leitura dos hieróglifos nos possibilitou descobrir muitas coisas sobre os antigos egípcios.

DECODIFICANDO O PASSADO

Alguns mistérios antigos foram solucionados com a ajuda de novas evidências. Por séculos, sabia-se que os **hieróglifos** egípcios eram um tipo de escrita, mas ninguém conseguia ler. Daí, foi descoberta uma pedra que continha uma mensagem gravada em grego antigo, demótico e em hieróglifos. Visto que os cientistas entendiam o grego antigo, eles foram capazes de decifrar os hieróglifos. Hoje, os historiadores podem ler facilmente as antigas escritas egípcias.

 Agora sabemos que estas gigantes pirâmides foram construídas como sepulturas para os faraós do Egito.

TEMPLO DO SOL

O mistério do Stonehenge tem fascinado as pessoas há séculos. Este grande círculo de pedras é um dos lugares **pré--históricos** mais importantes do mundo. Mas como aquelas pedras gigantes foram colocadas no lugar? Quem construiu este monumento – e por quê?

Algumas das enormes pedras que formam o Stonehenge pesam mais de 25 toneladas cada. Cerca de metade delas foram arrastadas das montanhas galesas, a mais de 320 quilômetros de distância.

O QUE É UM *HENGE?*

Um *henge* é um tipo de monumento pré--histórico encontrado na Europa Ocidental. Consiste em uma grande vala circular cavada no solo com um banco de terra ao seu redor. A maioria dos *henges* tinha pedras eretas ou postes de madeira dispostos na parte de dentro. Ninguém sabe para que serviam, mas devem ter sido muito importantes, visto que poderiam ter exigido centenas de pessoas e muitos meses de trabalho para ser construídos.

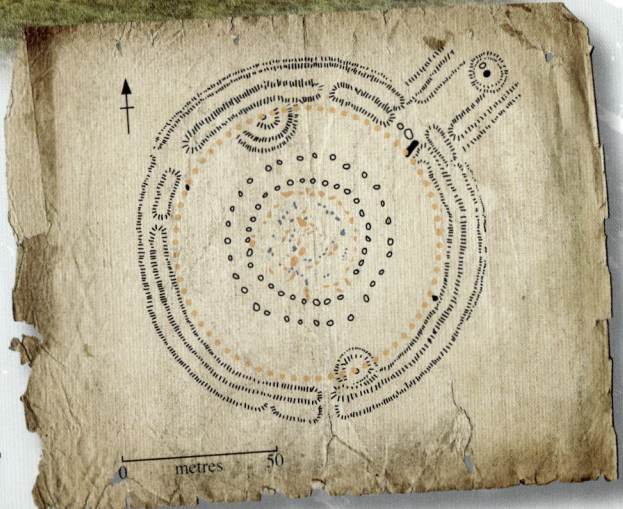

Um diagrama do Stonehenge mostrando o círculo de pedras, o banco de terra e a vala que rodeava o monumento.

LINHA DO TEMPO DO STONEHENGE

3100 a.C. Cavadas edificações do henge.

3000 a.C. Postes de madeira erguidos na parte de dentro.

2600 a.C. "Pedras azuis" erguidas.

2400 a.C. Pedras azuis removidas. Enormes blocos de arenito erguidos dentro do henge.

2100 a.C. Pedras azuis voltam a ser erguidas.

1600 a.C. O Stonehenge deixa de ser usado.

QUEM CONSTRUIU O STONEHENGE?

Há séculos, as pessoas pensavam que gigantes ou espíritos maus haviam construído o Stonehenge. Então, a partir de 1919, **arqueólogos** começaram a **escavar** a área ao seu redor.

Em certas épocas do ano, as pedras se alinhavam com o Sol e a Lua. Por exemplo, o Sol no meio do verão nasce sobre o "Heelstone", ao passo que no meio do inverno a pedra mais alta fica alinhada com a Lua. Há muitas sepulturas dentro do Stonehenge ou próximas dele. Também há outros montes, valas e *henges* na área. Embora os arqueólogos tenham escavado a maioria destas ruínas, ninguém consegue explicar para que serviam esses lugares ou por que foram construídos.

 Algumas pessoas que seguem religiões antigas como o **druidismo** ainda se reúnem no Stonehenge todos os anos para adorar a natureza e celebrar as estações do ano.

O que é um henge?

Quando foram feitas as primeiras edificações de terra?

Quando aconteceram as primeiras escavações naquela área?

OS PRIMEIROS AMERICANOS

Quem foram os primeiros nativos americanos e de onde eles vieram? Até pouco tempo atrás, pensava-se que eles vieram da Ásia por meio de uma estreita ponte de terra que se ligava à Sibéria, mas hoje os peritos não afirmam isso com tanta certeza.

ARMAS DE PEDRA

Entre os mais primitivos habitantes conhecidos das Américas havia o povo de Clóvis. Os Clóvis eram **caçadores-coletores** que viveram na América do Norte há cerca de 13 mil anos.

O povo de Clóvis usava um tipo incomum de arma de pedra conhecido como ponta de Clóvis, que tinha um formato oval achatado. Essas armas são muito semelhantes às que foram encontradas na Europa.

 Recentemente, os cientistas descobriram que os **genes** dos nativos americanos são muito semelhantes aos dos europeus. Isso talvez signifique que alguns de seus ancestrais que vieram para América saíram da Europa, em vez de da Ásia.

 As primeiras pontas de Clóvis foram descobertas na cidade de Clóvis, no Novo México. Desde então, elas têm sido encontradas por toda a América do Norte, e até mesmo na Venezuela.

ARQUIVO DO MISTÉRIO

Nome	Povo de Clóvis
Data	c. 13.000 a.C.
Lugar	América do Norte
Status	INEXPLICÁVEL

UMA COINCIDÊNCIA?

Visto que as pontas de Clóvis são muito parecidas a ferramentas de pedra encontradas na Europa, alguns peritos acreditam que o povo de Clóvis veio originalmente da Europa. Pensa-se que eles poderiam ter viajado à América por uma plataforma de gelo que um dia ligou os continentes.

Porém, as armas de pedra encontradas na Europa pararam de ser feitas mil anos antes do povo de Clóvis. Talvez essas similaridades sejam apenas uma coincidência. Ninguém sabe ao certo.

 Os caçadores esquimós no Ártico pescam e caçam para sobreviver. Se o povo de Clóvis foi para o oeste por meio do gelo do Ártico, eles devem ter sobrevivido da mesma maneira.

FATOS E TEORIAS

Os cientistas do clima descobriram que, por volta de 15000 a.C., o gelo do Oceano Ártico formou uma vasta massa de superfície firme que se estendia do sul até a França. Isso possibilitaria que povos europeus se deslocassem para o oeste, alimentando-se de peixes e animais do Ártico, como fazem hoje muitos povos esquimós.

Quando o povo de Clóvis viveu na América?

O que é uma ponta de Clóvis?

Como o povo de Clóvis deve ter chegado às Américas?

SEGREDOS DOS EGÍPCIOS

Em anos recentes, têm sido feitas cada vez mais descobertas sobre as incríveis maravilhas do Egito Antigo. Mas antes de os cientistas aprenderem a ler a escrita egípcia, muito do que sabemos hoje estava envolto em mistério.

ESCRITA SAGRADA

Quando os arqueólogos começaram a estudar os templos e túmulos egípcios, viram que eles eram cobertos de gravuras de animais, pessoas, objetos e **símbolos** estranhos. Eles sabiam, de acordo com antigos escritos romanos, que as gravuras significavam algo – mas o quê?

Os símbolos egípcios gravados nesta tabuinha são conhecidos como hieróglifos. A palavra "hieróglifo" significa literalmente "gravura sagrada".

No terceiro milênio a.C., a grande Pirâmide de Degraus de Djoser fazia parte de uma enorme civilização nas margens do Rio Nilo.

ARQUIVO DO MISTÉRIO

Nome	Escrita hieroglífica egípcia
Data	330 a.C.-393 d.C.
Lugar	Egito
Status	SOLUCIONANDO

A PEDRA DE ROSETA

Em 1799, soldados franceses no Egito encontraram um bloco de pedra conhecida como Pedra de Roseta. Gravada nela havia uma mesma mensagem em grego, hieróglifos e demótico (outro tipo de escrita egípcia). Uma vez que os peritos sabiam ler grego e demótico, eles puderam decifrar o significado dos hieróglifos.

 A Pedra de Roseta é datada de aproximadamente 196 a.C. Sua descoberta e subsequente decodificação permitiram que os cientistas fizessem as primeiras descobertas na leitura dos hieróglifos egípcios.

O QUE ACONTECEU DEPOIS?

Desde então, milhares de gravuras e textos egípcios têm sido decifrados. Estes mostraram a história inteira dos egípcios desde aproximadamente 3200 a.C. até 300 a.C. Foram revelados os nomes de governantes, sacerdotes, princesas e trabalhadores. Agora, sabemos como os egípcios viviam e o que faziam. O mistério enfim foi solucionado.

Como é chamada a escrita egípcia?

Quem descobriu a Pedra de Roseta?

Quem foi o primeiro a decifrar a Pedra de Roseta?

O MUNDO PERDIDO DOS MINOICOS

Desde cerca de 2700 a 1450 a.C., o povo minoico construiu uma grande civilização na ilha grega de Creta. Alguns de seus palácios e templos existem até hoje e são objeto de estudo dos cientistas. Mas o maior mistério minoico de todos ainda não foi desvendado...

 As gravuras nesta tabuinha minoica de argila representam a primeira língua escrita da Europa.

TABUINHAS DE ARGILA

Em 1900, o arqueólogo Arthur Evans descobriu mais de 2 mil tabuinhas de argila cobertas de símbolos misteriosos no local do palácio minoico em Cnossos, Creta. No passado, as tabuinhas eram provavelmente colocadas para secar ao sol. Por sorte, algumas estavam em construções que haviam sido destruídas por um incêndio. O fogo endureceu as tabuinhas e, assim, elas sobreviveram pelos séculos.

As tabuinhas mostraram que os minoicos haviam criado uma língua escrita – a primeira da Europa. Mas o que ela significava?

 O palácio e o templo em Cnossos eram o centro de uma civilização que um dia existiu no meio do Mar Egeu.

ESCRITA MISTERIOSA

Evans descobriu que havia inscrições em três línguas diferentes: uma escrita hieroglífica e dois outros tipos de escrita, as quais ele simplesmente chamou de "Linear A" e "Linear B". Quando a "Linear B" foi decifrada em 1952, as tabuinhas revelaram muita coisa sobre os micênios, que conquistaram os minoicos em cerca de 1400 a.C.

Os minoicos eram hábeis artistas e artesãos, e os vasos e joias minoicos estão entre os maiores tesouros do mundo antigo.

A "Linear A" claramente pertencia a uma língua diferente e mais antiga – e visto que ninguém sabe que língua os minoicos falavam, todas as tentativas de decifrar os textos em "Linear A" fracassaram.

FATOS E TEORIAS

Em 1952, um jovem inglês chamado Michael Ventris foi o primeiro a decifrar as tabuinhas encontradas em Cnossos, Creta. Ventris descobriu que a língua "Linear B" era uma forma de grego antigo, mas a língua "Linear A" ainda é desconhecida. Pode ser iraniano, ou um tipo de fenício ou grego.

Onde ficava o centro da civilização minoica?

Quando foram descobertas as tabuinhas de argila minoicas?

Como Arthur Evans chamou as duas formas de escrita minoicas?

UM MUNDO EMBAIXO DAS ONDAS

A história do mundo perdido de Atlântida fascina as pessoas há séculos. Alguns acreditam que Atlântida era o lugar de uma civilização muito avançada. Mas será que um continente inteiro e seu povo poderia realmente desaparecer embaixo das ondas?

ONDE FICAVA ATLÂNTIDA?

As primeiras descrições de Atlântida foram feitas por antigos escritores gregos, que afirmavam ter ouvido tudo sobre ela de sacerdotes egípcios. Segundo a **lenda**, a ilha era um reino altamente desenvolvido, onde as pessoas eram capazes de construir máquinas e navios. Mas se Atlântida realmente existiu, onde estão as evidências?

ARQUIVO DO MISTÉRIO

Nome Atlântida
Data c. 9600 a.C.
Lugar Desconhecido
Status INEXPLICÁVEL

Estas ruínas de um templo estão na ilha mediterrânea de Thera, um dos muitos locais onde se acredita que Atlântida pode ter se localizado.

9600 a.C. Data da destruição de Atlântida segundo a tradição.

600 a.C. Escritores gregos como Crítias ouvem sobre Atlântida de sacerdotes egípcios.

360 a.C. O filósofo grego Platão escreve sobre Atlântida.

FATOS E TEORIAS

*Pesquisas recentes sobre a **erupção** em Thera indicam que ela foi extremamente forte e destrutiva. As cinzas vulcânicas teriam encoberto boa parte do Mediterrâneo de escuridão, e o maremoto que se seguiu pode ter causado um grande estrago. Um desastre dessas proporções talvez possa ter devastado um reino inteiro.*

Uma das descrições mais detalhadas de Atlântida foi feita pelo filósofo grego Platão (c. 427-c. 348 a.C.).

BUSCANDO PROVAS

Algumas pessoas achavam que os Açores, no Atlântico Norte, eram os restos de Atlântida. Outros optaram por Cuba, Bahamas ou Canárias. Em 1900, os historiadores se deram conta de que as histórias antigas não eram confiáveis, por isso voltaram às evidências originais para buscar provas.

O QUE ACONTECEU DEPOIS?

Nos anos 1950, os arqueólogos descobriram que em cerca de 1550 a.C. a ilha mediterrânea de Thera havia sofrido uma grande erupção vulcânica. Uma cidade inteira havia sido destruída, além de outras em ilhas próximas. Se Atlântida tivesse sido destruída 900 anos antes da época dos gregos, em vez de 9 mil anos, então a história poderia ser verdadeira!

Quem foram os primeiros a contar aos escritores gregos sobre Atlântida?

Que ilha foi devastada em cerca de 1550 a.C.?

Quem escreveu um relato detalhado de Atlântida?

A CIDADE DO OURO

Quando os espanhóis conquistaram as Américas no século XVI, muitos acreditavam que lá havia uma cidade chamada Eldorado, ou "o dourado", esperando para ser descoberta. Mas encontrá-la não seria fácil!

ARQUIVO DO MISTÉRIO

Nome	Eldorado
Data	c. 1520-1940
Lugar	América do Norte e do Sul
Status	SOLUCIONADO

A cidade histórica de Macchu Picchu é a mais bem preservada de todas as cidades incas, e hoje é um importante ponto turístico.

Conduzidas pelo soldado e explorador Hernán Cortés, forças espanholas estavam ansiosas para tomar posse das riquezas do império asteca do México.

OURO ROUBADO

Em 1519, uma pequena força de soldados espanhóis liderados por Hernán Cortés (1485-1547) descobriu acidentalmente o império asteca do México. Os espanhóis usaram suas modernas armas de fogo, armaduras e armamentos de aço para conquistar os índios astecas que viviam ali. Ficaram muito ricos com o ouro asteca que roubaram.

TESOURO INCA

Em 1532, Francisco Pizarro (c. 1471-1541) conquistou o império inca mais rico da América do Sul e roubou de seu povo enormes quantidades de ouro. Os exploradores espanhóis começaram a procurar por ouro aonde quer que fossem. Os habitantes locais lhes contavam sobre uma grande cidade cheia de ouro a certa distância. Alguns diziam que ficava a oeste, outros ao norte ou ao sul. Os espanhóis procuraram durante anos, mas nunca encontraram nada.

 O ouro era um metal sagrado para os incas, e muitas vezes era usado para criar bonitas joias, como este antigo cocar.

FATOS E TEORIAS

Além dos reinos dos astecas e dos incas, hoje sabemos que nunca existiu uma "cidade dourada" em qualquer parte das Américas. A explicação mais provável é que os povos locais espalharam rumores sobre Eldorado para que os espanhóis fossem embora e os deixassem em paz.

O QUE ACONTECEU DEPOIS?

Mais tarde, outros encararam o desafio. Em 1595, o explorador inglês *sir* Walter Raleigh viajou pelo Rio Orinoco em busca de uma cidade rica. O Orinoco foi explorado em 1804, mas nenhuma cidade foi descoberta. Nos anos 1920, o aventureiro britânico Percy Fawcett partiu em busca de uma antiga cidade perdida na floresta amazônica. Nem ele nem a cidade foram algum dia encontrados.

O que significa a palavra "Eldorado"?

Quem conduziu o exército que conquistou o império asteca?

Quem viajou pelo Rio Orinoco em busca de uma cidade rica?

A ILHA DAS PEDRAS

No Oceano Pacífico, a milhares de quilômetros da civilização mais próxima, encontra-se a Ilha de Páscoa. Este lugar estranho e misterioso é famoso por suas **monumentais** estátuas de pedra, conhecidas como "moais".

UMA COMUNIDADE PRÓSPERA

Quando o explorador holandês Jacob Roggeveen (1659-1729) descobriu a Ilha de Páscoa em 1722, ele encontrou uma comunidade **próspera** de mais de 3 mil pessoas. Porém, quando um navio britânico chegou lá em 1825, seu capitão, James Cook, encontrou uma cena bem diferente: estátuas haviam sido derrubadas e danificadas, e muitos dos habitantes da ilha haviam partido para nunca mais voltar. Em 1877, apenas 111 ainda restavam.

Os "moais" são enormes figuras humanas esculpidas em rocha que ficam em posição vigilante nas encostas da Ilha de Páscoa. As maiores têm quase 10 metros de altura e pesam por volta de 75 toneladas.

ARQUIVO DO MISTÉRIO

Nome	Ilha de Páscoa
Data	Anos 1860
Lugar	Oceano Pacífico
Status	SOLUCIONADO

O FIM DO MISTÉRIO

O mistério do que tinha acontecido com os habitantes da Ilha de Páscoa intrigou os historiadores. Como poderia a comunidade ter se dissipado daquela maneira?

O QUE ACONTECEU DEPOIS?

Em 1888, quando o Chile assumiu o controle da Ilha de Páscoa, os historiadores começaram a estudá-la para descobrir o que havia acontecido.

Por fim, várias respostas foram encontradas. Muitas árvores haviam sido cortadas, deixando a terra exposta aos **elementos naturais**. As lutas entre diversas tribos e uma invasão massiva de **comerciantes de escravos** peruanos também tinham reduzido a população.

 Ao chegar à Ilha de Páscoa em 1825, o capitão James Cook viu pessoas famintas e a paisagem vazia e desolada.

A ILHA HOJE

Hoje, os ilhéus somam apenas poucas centenas. Mas eles ainda mantêm vivas suas tradições e lutam para proteger os antigos "moais" de outras destruições.

FATOS E TEORIAS

*No passado, a Ilha de Páscoa era coberta de florestas, mas em 1600 a última árvore foi cortada, e a falta de madeira logo significou que não haveria mais barcos para pescar. Não ter mais árvores também significava que o vento e a chuva eliminariam a camada superficial do solo. As plantações fracassavam, as pessoas passavam fome e **disputas** irrompiam.*

Quem foi o explorador holandês que descobriu a Ilha de Páscoa?

Quem visitou a ilha em 1825?

Quantos ilhéus haviam restado em 1877?

A LENDA DE LYONESSE

Segundo a lenda, uma terra ampla e fértil se estendia desde a Cornualha, na Inglaterra, até as Ilhas Scilly – mas certa noite veio o desastre sobre Lyonesse...

ARQUIVO DO MISTÉRIO

Nome	A Terra Perdida de Lyonesse
Data	c. 650
Lugar	Embaixo do mar entre o Oceano Atlântico e o Canal da Mancha
Status	REFUTADO

UMA TERRA DE ABUNDÂNCIA

As histórias mais antigas sobre Lyonesse relatam que ela era uma rica área de cultivo que pertencia ao rei da Cornualha durante a época do rei Arthur. A terra ficava abaixo do nível do mar, mas era protegida por uma barragem chamada dique. As comportas do dique eram abertas na maré baixa para deixar a água sair, mas fechadas na maré alta para impedir que o mar invadisse.

Certa noite, o homem que estava a cargo de vigiar as comportas do dique decidiu sair para divertir-se com seus amigos. A maré subiu, irrompeu pelas comportas abertas e inundou Lyonesse. Após o desastre, a Cornualha empobreceu tanto que foi facilmente invadida pelos ingleses.

A ilha do Monte Saint-Michel, ao sul da costa da Cornualha, tem um nome mais antigo: a "Colina na Floresta". Isso talvez seja porque ela era rodeada de terra no passado.

LYONESSE EXISTIU MESMO?

No século XVI, os habitantes da Cornualha ainda se referiam ao recife Seven Stones, ao largo de Land's End, como a "Cidade dos Leões" (Lyonesse). Também diziam que era possível ouvir os sinos da cidade submersa soarem durante tempestades.

O cavaleiro Tristão de Lyonesse era um famoso herói da lenda da Cornualha.

Quando a maré está bem baixa, podem-se ver paredes de pedra e ruínas de casas no leito ao largo das Ilhas Scilly. Também é possível ver os restos de muros de pedras ao longo da areia entre Tresco e Sampson. Registros romanos relatam que, naquela época, as Ilhas Scilly eram uma só ilha muito grande. Essa área inundou em algum momento entre 400 e 1100 d.C. Talvez essa grande ilha fosse a Lyonesse original.

FATOS E TEORIAS

Mapeamentos recentes do leito mostram que a maior parte da área entre a Cornualha e as Ilhas Scilly é profunda demais para ter sido uma terra em que ocorriam marés. Parece pouco provável que Lyonesse um dia tenha existido. Talvez os contos de Lyonesse lembrem a época quando os níveis do mar ainda não subiam, há 1.500 anos.

 O rei da Cornualha já governou seu reino no passado deste castelo que hoje está em ruínas, em Tintagel, na costa norte da Cornualha.

Onde ficava a terra de Lyonesse?

Quem governava essa terra?

Que ilha também é conhecida por "colina na floresta"?

O MISTÉRIO DA GRANDE PIRÂMIDE

As grandes pirâmides do Egito estão entre os monumentos mais impressionantes de todos os tempos. Há séculos, as pessoas tentam descobrir como elas foram construídas sem o uso de ferramentas modernas.

ARQUIVO DO MISTÉRIO

Nome Pirâmides egípcias
Data c. 2650 - c. 1800 a.C.
Lugar Egito
Status INEXPLICÁVEL

A GRANDE PIRÂMIDE

Das 138 pirâmides do Egito, a maior é a Grande Pirâmide de Gizé. Ela media originalmente 147 metros de altura e 231 metros de comprimento em cada lado da base. Aproximadamente 6 milhões de toneladas de pedra foram necessárias para construí-la. A maioria de suas pedras pesa cerca de 2 toneladas cada, mas algumas chegam a pesar 90 toneladas!

Esta é a estátua do faraó Khufu, que ordenou a construção da Grande Pirâmide em c. 2571 a.C.

A Grande Pirâmide é a maior e mais antiga das três pirâmides de Gizé, no Egito. Por séculos, ela foi a construção mais alta do mundo.

FATOS E TEORIAS

*Ao estudarem os hieróglifos, os peritos descobriram que as pirâmides eram as tumbas dos faraós, ou governantes, do Antigo Egito. Dentro de cada uma há uma **rede** de túneis e câmaras. O faraó e sua família eram enterrados nas câmaras junto com móveis, roupas, joias e comida para uso na próxima vida.*

CUIDADO E HABILIDADE

O tamanho da pirâmide já é incrível, mas a habilidade dos construtores egípcios também é notável. A base apresenta apenas 15 milímetros de variação no nível, e as laterais variam apenas 58 milímetros no comprimento. Originalmente, ela era revestida com uma camada de calcário branco polido. Outras pirâmides não são muito grandes, mas são igualmente impressionantes. Acredita-se que o formato das pirâmides foi escolhido para copiar os raios-de-sol incidindo sobre a Terra.

Esta é uma das pedras gigantes que revestiam o exterior da pirâmide.

PEDRA SOBRE PEDRA

Ninguém sabe ao certo como as pirâmides foram construídas. A maioria das pessoas acha que os blocos de pedra foram esculpidos em uma pedreira, arrastados em trenós e então tracionados em uma rampa de areia até sua posição final. Se foi mesmo assim, cada pirâmide teria exigido até 30 mil homens e levado 20 anos para ficar pronta. Mas nenhuma evidência de rampas foi encontrada até hoje.

Outra teoria é que as pedras foram arrastadas por uma rampa de pedras dentro da pirâmide, mas novamente nenhuma rampa foi encontrada.

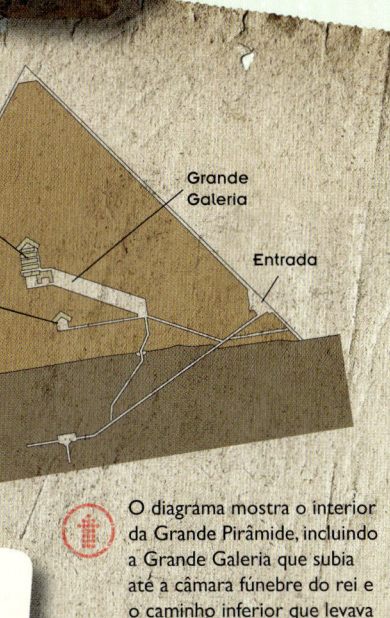

Câmara fúnebre do rei

Grande Galeria

Câmara fúnebre da rainha

Entrada

O diagrama mostra o interior da Grande Pirâmide, incluindo a Grande Galeria que subia até à câmara fúnebre do rei e o caminho inferior que levava à câmara da rainha.

Quando foi construída a Grande Pirâmide?

Para que serviam as pirâmides?

Foi dito que o formato das pirâmides copia o quê?

A LENDA DE TROIA

Segundo a lenda grega, em cerca de 1250 a.C. um exército da Grécia atacou a cidade de Troia (também conhecida como Ilium) e a destruiu após um longo **cerco**. Mas até que ponto a lenda foi baseada em fatos?

HISTÓRIAS E POEMAS

Na Antiguidade, eram contadas muitas histórias sobre a Guerra de Troia. A mais famosa é a **epopeia** *Ilíada*, composta pelo poeta grego Homero em aproximadamente 850 a.C. Os gregos acreditavam que a Guerra de Troia havia de fato ocorrido, embora algumas histórias de Homero foram claramente inventadas.

Esta máscara de ouro foi encontrada em Micenas por Heinrich Schliemann em 1876. Ela data da época aproximada da Guerra de Troia, e foi colocada sobre a face de um rei de Micenas em seu enterro.

Estas ruínas da cidade de Troia estão localizadas em Hissarlik, na atual Turquia.

HISTÓRIA OU MITO?

Até o século XIX, pensava-se que a Guerra de Troia era apenas um **mito**. Mas, em 1870, o arqueólogo alemão Heinrich Schliemann (1822-1890) coletou todas as evidências sobre Troia e começou a escavar um lugar chamado Hissarlik, na Turquia. Sua descoberta mostrou que Troia pode ter sido uma cidade verdadeira.

 O arqueólogo alemão Heinrich Schliemann sempre acreditou que o poema *Ilíada*, de Homero, foi baseado em eventos reais.

FATOS E TEORIAS

Pesquisas recentes confirmam que Troia foi uma cidade real. Nos anos 1990, foram encontrados documentos que mencionam uma guerra entre "Taruisa" e Grécia. A maioria dos peritos hoje concordam que "Taruisa"/Hissarlik é a cidade de Troia, e que a Guerra de Troia foi um evento histórico.

ARQUIVO DO MISTÉRIO

Nome	Troia (Ilium)
Data	c. 1250 a.C.
Lugar	Noroeste da Turquia
Status	NÃO SOLUCIONADO

PISTAS ENTRE AS RUÍNAS

As ruínas encontradas por Schliemann mostraram que aquele local havia sido habitado desde aproximadamente 3000 a.C. até meados de 500 d.C. O arqueólogo encontrou uma camada de construções que tinham sido destruídas por fogo. Esta pode ter sido a cidade destruída de Troia, mas nem todos estão convencidos disso. A área construída parece ser muito pequena para ter sido uma cidade importante, e as fortificações tinham brechas que levantam suspeitas. Muito trabalho ainda precisa ser feito em Hissarlik para obtermos as respostas.

Quando foi travada a Guerra de Troia?

Quem escreveu um poema épico sobre a Guerra de Troia?

Quem foi o primeiro a escavar Hissarlik e identificar o local como Troia?

O HERÓI DE CAMELOT

Ao longo dos séculos, muitas histórias tem sido contadas sobre o rei Arthur da Bretanha. Dizem que ele foi um respeitável cavaleiro que governou em uma época de paz e prosperidade. Verdadeiras ou não, as histórias certamente ainda são populares mesmo após tanto tempo.

O jovem Arthur experimenta a coroa da Bretanha. Ao seu lado está a espada mágica Excalibur.

ARQUIVO DO MISTÉRIO

Nome Rei Arthur
Data c. 500 d.C.
Lugar Bretanha
Status INEXPLICÁVEL

OS CAVALEIROS DE CAMELOT

De acordo com a lenda, o rei Arthur reinou sobre a Bretanha de Camelot. Ele liderou seus famosos Cavaleiros da Távola Redonda em uma série de aventuras, incluindo a busca pelo Santo Graal – o cálice sagrado usado por Jesus na Última Ceia.

Dizem que, com o tempo, o sobrinho de Arthur, Mordred, começou a sentir cada vez mais ciúmes do poder de seu tio, dando início a uma guerra civil. Isso culminou na morte dos dois homens na Batalha de Camlann. Após a morte de Arthur, a Bretanha entrou em um obscuro período de guerras e desastres.

Esta figura do rei Arthur vem de um **manuscrito medieval** que data de aproximadamente do ano 1250.

FATOS E TEORIAS

A maioria das histórias sobre Arthur que conhecemos hoje vem de um livro chamado Le Morte d'Arthur, escrito por sir Thomas Malory (c. 1405-1471). Alguns historiadores hoje acreditam que Arthur realmente existiu, mas há poucas menções sobre ele nos registros mais importantes da época.

O ARTHUR "REAL"?

Em cerca de 1150, Geoffrey de Monmouth escreveu o que dizem ser uma história do Arthur "real". Segundo Geoffrey, Arthur tornou-se o governante da Bretanha depois que os romanos partiram e derrotaram os saxões invasores na Batalha de Badon Hill, em algum momento entre 490 e 517 d.C. Porém, Geoffrey não diz onde ele conseguiu essa informação. Muitos acham que ele simplesmente inventou essa história.

Esta grande fortificação conhecida como Castelo de Cadbury está localizada no condado inglês de Somerset. Situada próxima ao Rio Cam, é frequentemente atribuída como o local da corte de Arthur, em Camelot.

Como se chamava o castelo de Arthur?

Qual era o nome da espada mágica de Arthur?

Quem escreveu sobre Arthur em cerca de 1150?

OS SETE PAGODES

Com seu famoso templo costeiro, Mahabalipuram é um dos locais históricos mais bonitos do sul da Índia. Mas se as lendas forem verdade, os monumentos que sobreviveram até hoje são apenas um **fragmento** do que um dia existiu.

VINGANÇA DE VISHNU

Segundo uma antiga lenda **hindu**, em 550 d.C., Hiranyakasipu, o governante de Mahabalipuram, recusou-se a adorar o deus Vishnu. Seu filho, Prahlada, queria construir um templo para Vishnu, e os dois tiveram uma discussão. Gritando que Vishnu não existia, o pai chutou furiosamente o santuário que Prahlada havia feito para Vishnu, que então apareceu e matou Hiranyakasipu.

Quando Prahlada tornou-se governante, ele construiu sete lindos **pagodes** que eram considerados os mais belos em toda a Índia. O deus Indra então ficou com ciúmes dos belos templos dedicados a Vishnu e afundou seis deles no mar. O templo sobrevivente é conhecido como o Templo Costeiro.

Acredita-se que o Templo Costeiro em Mahabalipuram é um dos sete que foram dedicados ao deus hindu Vishnu.

O QUE ACONTECEU DEPOIS?

Por muitos anos, os pescadores de Mahabalipuram alegaram ter visto vestígios de construções no mar. Em 2004, uma onda gigante chamada tsunami atingiu a região, movendo bancos de areia que permaneciam inalterados por séculos. Enquanto a água do mar retrocedia, as ruínas de construções começaram a aparecer a cerca de 500 metros da costa.

Os arqueólogos começaram a escavar a areia e encontraram as ruínas de dois templos. Sob o mar, mergulhadores encontraram muros de pedras e belas esculturas. As explorações e escavações ainda estão ocorrendo para descobrir se os lendários Sete Pagodes realmente existiram.

Este relevo do deus Vishnu aparece na muralha dos templos em Mahabalipuram.

Esta escultura de elefante em Mahabalipuram foi feita de uma única rocha.

FATOS E TEORIAS

Pesquisas recentes indicaram que um terremoto em 1300 d.C. fez a terra deslizar para dentro do mar. O Templo Costeiro que permanece de pé é datado de aproximadamente 750 d.C. Na região existem vários outros templos, mas são muito menores e menos impressionantes.

ARQUIVO DO MISTÉRIO

Nome	Os Sete Pagodes
Data	c. 750 d.C.
Lugar	Mahabalipuram, Índia
Status	INEXPLICÁVEL

A que deus foram dedicados os Sete Pagodes?

Que deus ficou com ciúmes?

O que é um tsunami?

29

GLOSSÁRIO

Arqueólogo Uma pessoa que estuda o passado pesquisando construções, paisagens e evidências cavadas do solo.

Caçadores-coletores Pessoas que não fazem plantações ou criam animais, mas obtêm comida da terra que os cerca.

Comerciantes de escravos Pessoas que capturavam ou vendiam pessoas como escravas.

Cartela Nos hieróglifos egípcios, uma forma oval em volta do nome de um rei ou de uma rainha.

Cerco Uma operação militar quando um exército cerca uma cidade.

Disputa Uma briga ou conflito.

Druidismo Uma religião antiga baseada na adoração da natureza.

Elementos naturais Forças do mundo natural, como o sol, o vento e a chuva.

Epopeia Um tipo de poema longo ou história sobre atos heroicos do passado.

Erupção A emissão de cinzas, fumaça e rocha muito quente de um vulcão.

Escavar Cavar o solo.

Escravo Alguém que é forçado a trabalhar pesado sem pagamento.

Faraó Um governante real do Egito Antigo.

Filósofo Uma pessoa que estuda o significado da vida.

Fragmento Uma parte muito pequena de algo.

Gene Um padrão químico que herdamos de nossos pais, que nos torna únicos.

Henge Um tipo de monumento pré-histórico que consiste de uma vala circular e um banco feito de terra.

Hieróglifos Uma forma antiga de escrita egípcia.

Hindu Uma pessoa que segue o hinduísmo – uma religião que se originou na Índia e hoje tem mais de 1 bilhão de seguidores no mundo todo.

Historiador Uma pessoa que estuda evidências do passado.

Intriga Fazer ficar curioso, surpreso.

Lenda Uma antiga história que é sempre contada, mas que pode ou não ser verdadeira.

Linguista Uma pessoa que estuda as línguas.

Manuscrito Um livro ou documento que é escrito e ilustrado à mão.

Medieval O período desde a queda do Império Romano no século V d.C. até a queda de Constantinopla em 1453 d.C.

Monumental Muito grande ou impressionante, como uma grande estátua ou edifício de pedra.

Mito Uma história antiga que geralmente descobre-se não ser verdadeira.

Pagode Um tipo de templo oriental.

Pirâmide Um tipo de câmara fúnebre enorme construído para os faraós do Egito Antigo.

Pré-histórico Muito antigo, de uma época antes da invenção da escrita e do armazenamento de registros.

Próspero Bem-sucedido, rico.

Rede Um sistema composto de muitas partes interligadas.

Símbolo Um sinal ou objeto que tem um significado especial

Túmulo Um lugar ou câmara fúnebre.

RESPOSTAS
Páginas

6-7 Um monumento pré-histórico encontrado na Europa ocidental; 3100 a.C.; 1919.

8-9 Há cerca de 13 mil anos; um tipo de arma de pedra; por meio de uma plataforma de gelo que ligava a Europa e a América.

10-11 Hieróglifos; soldados franceses no Egito; o linguista e historiador francês Jean-François Champollion.

12-13 Na ilha grega de Creta; em 1900; "Linear A" e "Linear B".

14-15 Sacerdotes egípcios; Thera; o filósofo grego Platão.

16-17 "O dourado"; Hernán Cortés; *sir* Walter Raleigh.

18-19 Jacob Roggeveen; capitão James Cook; 111.

20-1 Entre a Cornualha e as Ilhas Scilly, no Reino Unido; o rei da Cornualha; Monte Saint-Michel.

22-3 c. 2560 a.C.; como túmulos dos faraós do Egito Antigo; os raios-de-sol que atingem a Terra.

24-5 c. 1250 a.C.; o poeta grego Homero; o arqueólogo alemão Heinrich Schliemann.

26-7 Camelot; Excalibur; Geoffrey de Monmouth.

28-9 O deus hindu Vishnu; Indra; uma onda gigante.

SITES (em inglês)

http://www.caerleon.net/history/arthur/
Um site que abrange tudo sobre o rei Arthur, sua vida e a época em que viveu.

www.nms.ac.uk/education__activities/
kids_only/egyptian_tomb_adventure.aspx
Acompanhe uma arqueóloga real na exploração de um túmulo do Egito Antigo.

http://www.woodlands-junior.kent.sch.uk/
Homework/Greece.html
Um site sobre Grécia Antiga desenvolvido pelo Colégio Woodlands, em Kent, Reino Unido.

ÍNDICE